AF358606

³⁴⁸ᵉ⁾ Vente **DURAND** jeune

QUATRIÈME PARTIE

ILLUSTRATIONS

Suites complètes et incomplètes

DE

VIGNETTES

Pour les œuvres des Classiques français et étrangers

Vente les 17 et 18 Novembre 1874

M° **DELBERGUE-CORMONT**
COMMISSAIRE-PRISEUR

M. VIGNÈRES
MARCHAND D'ESTAMPES

PARIS — 1874

2472   de 1 a 190 et 39 lots du 348
1391 50   de 191 a 348. 11 lots
————————
3863 - 50
  16   déduire n° 155 rendu par Tinardon
————————
3847 - 50

Frais 25.18 %

24 Xbre M. Durand a Montmorot   3847 50   969.15   2878 35

                                               969 15
                                              2878 35

24 Xbre M. Durand a Montmorot   3847 50   969.15   2878 35

                                               969 15
                                              2878 35

CATALOGUE

—

ILLUSTRATIONS

Suites complètes et incomplètes

DE

VIGNETTES

Pour les œuvres des Classiques français et étrangers

RÉUNIES

PAR M. DURAND JEUNE, LIBRAIRE

(Quatrième partie)

DONT LA VENTE AURA LIEU

HOTEL DES COMMISSAIRES - PRISEURS

RUE DROUOT, 5, SALLE N° 7

AU PREMIER ÉTAGE

Les Mardi 17 et Mercredi 18 Novembre 1874

A UNE HEURE PRÉCISE

—

M⁰ DELBERGUE-CORMONT, Commissaire-Priseur,
rue de Provence, 8,
Assisté de **M. VIGNÈRES**, Marchand d'Estampes,
rue de la Monnaie, 21 (ancien 13), à l'entre-sol.

—

PARIS — 1874

CONDITIONS DE LA VENTE

L'ordre du catalogue sera suivi.

La vente sera faite au comptant.

Les Acquéreurs paieront CINQ POUR CENT en sus des enchères, applicables aux frais de vente.

Tous les numéros contenant plusieurs exemplaires pourront être divisés à la volonté du vendeur.

M. VIGNÈRES, dirigeant la Vente, se charge des Commissions.

NOTA. Toute commission, sans prix fixé ou sans limite déterminée, sera regardée comme nulle.

M. VIGNÈRES se charge de faire marquer les prix aux Catalogues des Ventes qu'il a faites. Les personnes qui le désirent peuvent s'adresser à lui *franco*.

Plusieurs Amateurs éloignés en ont reconnu l'utilité pour les guider dans leurs achats sur les valeurs des Estampes.

Les Catalogues des Ventes à faire seront envoyés aux personnes qui en feront la demande *affranchie*.

AVIS. — Nous prions MM. les Amateurs éloignés de ne pas attendre au dernier jour, pour que les lettres arrivent le matin de la vente ; ils comprendront que quelques lettres peuvent se lire, mais de 20 à 50 lettres, c'est difficile.

Choix de Catalogues avec prix marqués.

M. VIGNÈRES se charge des Commissions dans les Ventes de Livres et Estampes autres que les siennes

Cretzam 7   Dscham 4

N° D. C,   Dscham 4.50   Heit 12
                      P. Dam...

Dscham 2

ILLUSTRATIONS

1 **Aleaume** (Abbé). Les quatre Parties du jour, poëme avec 4 jolies vignettes en têtes de pages, d'ap. *Eisen*, par *Baquoy* (1773). Grand in-8 broché.

2 **Apulée**. L'Ane d'or, 12 vignettes d'après *Marillier*. — Suite complète de 32 p. au trait pour Psyché, d'après Raphael, etc. 95 p. Défets. Environ 180 p.

3 **Béranger**. Vignettes pour les chansons, d'ap. Boulanger, Charlet, Grenier, Johannot (ancien tirage); grand in-8. Suites de 75-65-64-60-59 p. En tout 323 p.

4 — Vignettes d'ap. Charlet, Johannot et autres. 1re édition, Perrotin; in-8. Environ 550 p. Défets.

5 — Vignettes d'ap. *Grandville*. 87 p. sur bois et 27 sur acier, avec cadres. En tout 114 p. grand in-8. 3 exemplaires.

6 — Même suite, composée de 105 p. 2 exemplaires.

7 — Même suite, 10 exemplaires de 72 p. à 51 p. En tout 606 p. in-8.

8 **Bible** (La sainte). Vignettes anciennes. 49 p. in-8.

2   9 **Bible.** Vignettes anciennes, oblongues. 55 p. sur bois in-4, imprimées des deux côtés.

1   10 — Vignettes anciennes, oblongues. 142 p.

1   11 — Vignettes oblongues pour le Nouveau-Testament. 249 p.

11   12 — d'ap. *Marillier* et *Monsiau.* 142 p. in-4, avec les cadres. Il y a des doubles.

17   13 — d'ap. *Marillier.* 241 p. grand in-8. Sans les cadres.

10.50   14 — Même suite. 183 p. grand in-8. Sans les cadres.

6   15 — Même suite. 133 p. grand in-8. Sans les cadres.

2   16 — Même suite. 123 p. in-8. Sans les cadres.

5.50   17 — d'ap. *Devéria,* édition Lefèvre. Épreuves, la plupart avant la lettre chine et blanc. 674 p. grand in-8. Défets.

Vig   2.50   18 — Petites Vignettes par *Gutl.* 178 p., époque du XVIIᵉ siècle.

7   19 — Ancien et Nouveau-Testament. 262 petites pièces par *Devel.*

Vig   5   20 — par *Léonard Gaultier.* 32 p. Défets.

28   21 — Eaux-fortes d'ap. *Marillier, Moreau* et autres. Sujets religieux. 100 p.

4.50   22 — d'après les grands maîtres, par *Voysard.* 120 p. surmontant un texte latin et français, et 5 cartes en plus. Grand in-8.

Vig   6   23 — Ancien et Nouveau-Testament. 226 p. *Visscher exc.*

5   24 — Édition de la jeunesse. 84 pl. — 184 sujets sur bois par divers. En tout 268 p.

M. D. C

Lemaignen 5

Lemaignen 10

Lémoigne 10

M. J. C.

M. J. C

M. 3   Descham 3.50

Descham 4

25 — Vignettes très-anciennes : la Bible, les Psaumes, etc., par divers. 246 p.   *2*

26 — Suite complète de 72 p., avec cadres in-18. 2 exemplaires.   *2*

27 **Nouveau-Testament**. Actes des Apôtres, suite complète de 28 p. d'ap. *Moreau,* avant la lettre in-8. Tirage in-4. Rare.   *2 2*

28 — La même suite et les Évangélistes. 86 p. in-8.   *3*

29 — Même suite. 83 p. in-8, d'ap. *Moreau.*   *4*

30 — Même suite. 82 p. in-8, d'ap. *Moreau.*   *3*

31 — Vignettes d'ap. *Moreau.* 95 p. Défets in-8.   *4*

32 — Cérémonies religieuses du culte catholique. 12 vignettes anciennes.

33 — Sujets religieux, Vierges, Saints et Saintes, par *Duflos, Tardieu.* Anciennes ép. Environ 175 p.   *1*

34 **Histoire sainte**. Vignettes pour l'Histoire sacrée et l'Histoire profane. 600 p., par divers.   *3 . 50*

35 **Bitaubé**, Poëme de Joseph, plusieurs suites. 33 p.   *1*

36 **Boccace**, d'ap. *Gravelot, Eisen,* etc., par *Delvaux* et autres ; édition 1801. 200 p., quelques doubles.   *2 o*

37 — Même suite, de 1802. 87 p.   *6 . 50*

38 — d'ap. *Gravelot, Eisen,* gravé par *Vidal.* 80 p., quelques doubles.   *4*

39 — d'ap. *Boucher, Gravelot* et autres. 90 p. de diverses suites pouvant illustrer La Fontaine, la plupart avant la lettre.   *2 0*

40 — d'après *Marillier.* Suite de 8 p. 3 exemplaires.   *4 . 50*

41 — d'ap. *Rogier.* 32 p. Défets.   *2*

42 **Byron** (Lord). Édition Ladvocat. Vignettes d'ap. *Devéria.* 89 p. Défets des doubles.

43 **Cervantes**. Don Quichotte. Environ 100 p., d'ap. *Coypel,* de diverses suites in-8, avant et avec la lettre, et des titres imprimés. Défets.

44 — d'ap. *Lebarbier* et *Lefèvre.* 104 p. avant la lettre, — et 62 avec la lettre in-12. En tout 166 p. Défets.

45 — d'ap. *Navarro, Ximeno,* etc. 93 p. avant la lettre, et eaux-fortes 93 p. grand in-8, rares. Défets.

46 — Don Quichotte, vignettes anciennes par divers artistes. Environ 200 p. Défets.

47 — d'ap. *Charlet.* 37 p. in-8. Défets.

48 — d'ap. *Courtin.* 50 p. in-12 et in-8. Défets.

49 — d'ap. *Horace Vernet* et *Eug. Lami,* avant et avec la lettre. Eaux-fortes. 100 p. in-8. Défets.

50 **Clouzier**. La Doctrine des Mœurs. 93 vignettes anciennes in-8.

51 **Cooper** (Fenimore). Vignettes de *Tony Johannot* et autres. Plus de 400 p., des doubles. Défets.

52 **Crébillon**. Suite complète de 10 p., d'ap. *Monnet,* avant la lettre. On a joint Rhadamiste et Zénobie en costumes Louis XV. 14 exempl.

53 **Dalavigne**. Théâtre, Messéniennes, etc., d'ap. *Devéria* et autres. 250 p. avant la lettre chine et blanc. Défets.

54 — d'ap. *Johannot.* 65 p. Défets.

55 **Delille**. Milton, Pope et Virgile, avec la lettre, et eaux-fortes. 110 p. Il y a des doubles. Défets.

M. d. C

Cutgenn 6   Dubeau
1 ex.

M. d. C

M. D. C.

Claassen 10.   enseign. 10   Descham 4. 50

                               Descham 3
              enseign. 10   Descham 2 .50
                               Descham 3 .50

              enseign. 10   Descham 4

                               Descham 20

56 — Traduction de Virgile. 72 p. Défets.

57 — Milton, Pope et Virgile avant la lettre chine. 53 p., grand papier. Défets.

58 **Demoustier.** Lettres à Émilie sur la Mythologie; in-8 d'ap. *Moreau*, avant la lettre. 57 p. Défets.

59 — De la même suite, avec la lettre. 83 p. Défets.

60 — d'ap. *Monnet*, par *Audouin*. 45 p. Défets.

61 — d'ap. *Desenne*, avant la lettre, et eaux-fortes. 52 p. Défets.

62 — d'ap. *Desenne*, avant la lettre chine et autres. 64 p. Défets.

63 — Sujets mythologiques divers, anciens et modernes. Plus de 600 p. Plusieurs lots.

64 **Deshoulières** (Mme). 85 feuilles contenant 5 sujets, y compris le portrait, et le titre en plus.

65 **Ducis.** Environ 160 Portraits par *Corbould*.
— Environ 160 Portraits en pied par *Pauquet*.
— Environ 160 épreuves : la Mélancolie.
— Environ 160 épreuves : la jeune Femme près du malade.
— Environ 75 épr. du Fleuron la Poésie, — et 75 de Danaé sur les eaux, la plupart avant la lettre chine et blanc in-12. En tout environ 790 pièces.

66 **Du Laurens.** Suite complète de 12 p. pour le Compère Mathieu. Défets de la même suite, 27. En tout 39 p.

67 — La Chandelle d'Arras, suite complète de 18 p. 3 ex. et 1 de 16 p. En tout 70 p.

68 — De la même suite, 250 p. Défets.

69 **Ésope**. Fables, sur cuivre et sur bois. 376 p. Sera divisé.

70 **Ésope** et **La Fontaine**. Fables, vignettes diverses. 119 p.

71 — Fables, vignettes diverses. 197 p. Défets.

72 — Vignettes pour les cinq Fabulistes; la plupart peut servir à La Fontaine. 169 p.

73 **Fénelon**. Télémaque, diverses suites anciennes de 12, 18, 20, 22, 24, 25 p. et des défets. En tout 293 p.

74 — Suite de 12 p. anonymes, 32 exemplaires.

75 — d'ap. *Cochin* et autres. 17 p. avant et avec la lettre.

76 — d'ap. *Lefèvre*, par *Coiny*. 64 p. in-12, la plupart avant la lettre. Défets.

77 — d'ap. *Marillier* avant, avec la lettre et eaux-fortes. 87 p. Défets.

78 — d'ap. *Monnet*. 15 p. in-4, par *Tilliard*. Défets.

79 — d'ap. *Moreau*. 24 p., la plupart avant la lettre. Défets.

80 — d'ap. *Queverdo*. 59 p., la plupart avant la lettre, et 12 eaux-fortes. En tout 71 p. in-12. Défets.

81 — Télémaque, 12 p. Imitation de *Marillier*, 7 exemplaires. En tout 84 p.

82 **Florian**. Fables, suite complète de 18 p., avec encadrements grand in-8. 4 exemplaires.

83 — Fables, suite complète de 18 p. in-8, coloriées. 4 exemplaires, avant la lettre.

Semaine 5

Semaine 5

Semaine 10

84 — La même suite, in-18, avant la lettre.
2 exemplaires.

85 — La même suite, in-18, avec la lettre.
4 exemplaires.

86 — Suite complète de 74 p., d'ap. *Queverdo,
Monnet*, etc., avec encadrement in-8.

87 — La même suite, in-18. 74 p.

88 — Fables, environ 100 p. avant et avec; —
environ 50 p. d'après *Moreau* et *Desenne*. En
tout 150 p. Défets.

89 — OEuvres d'ap. *Queverdo*, environ 250 p. in-18.
Défets. Il y a des doubles.

90 **Galland**. Mille et une Nuits, suite complète
de 3 p. in-8, d'ap. *Devéria*. 8 exemplaires.

91 — Mille et une Nuits, d'ap. *Chasselat*. 61 p.
grand in-8. Défets.

92 — Mille et une Nuits, d'ap. Courtin. 26 p. chine
et blanc. Défets.

93 — Mille et une Nuits, d'ap. *J. David* et autres.
32 p. grand in-8. Défets.

94 — d'ap. *Devéria* et autres, 40 p.; et d'ap.
Potier, 7. En tout 47 p. différents formats.
Défets.

95 **Gessner**. Fleurons, d'ap. *Le Barbier*, suite de
34 p. in-8. 4 exemplaires.

96 **Goldoni**. OEuvres, Vignettes d'ap. *Novelli*, par
Barotti. 58 p. in-8.

97 **Hénault** (Président). Histoire de France,
vignettes in-4 d'ap. *Cochin*, et 6 ép. de son por
trait. 125 p. Défets.

98 **Homère.** Vignettes, édition de Rochefort. 50 p., 2 exemplaires.

99 — Pièces diverses de diverses collections. 112 p.

100 — Suites diverses. Défets. 235 p. Sera divisé.

101 — Auteurs grecs et latins. 58 p.

102 **Kock** (Paul de). Vignettes pour ses œuvres, d'ap. *Raffet*, avant et avec la lettre. 63 p. des doubles.

103 **La Fontaine.** Portraits différents, sa maison. Eisen par *Ficquet*, Gravelot par *Massard*, Mme de La Sablière. Quelques avant la lettre. 34 p. plusieurs doubles.

104 — OEuvres. Suite complète de 30 p. sur bois avant la lettre; de la même suite 105 p. sur papier de Chine, papier rose, avant et avec la lettre. Défets, en tout 135 p.

105 — OEuvres, Fables et Contes, édition in-12. Duplessis-Bertaux, Monnet, etc., sur papier de Chine de couleur. 7 suites, une de 184 p. et une de 60 p. En tout 793 vignettes. Rares.

106 — Fables, Contes, Psyché, Théâtre, 145 p. d'ap. *Desenne* et autres, édition Nepveu, in-8, avec la lettre, pouvant entrer dans les éditions in-12 et in-18. Vol. dos toile. 2 exemplaires.

107 — OEuvres, d'ap. *Moreau*. Suite complète de 26 p., 1er tirage (1814), in-8. 2 exemplaires.

108 — Même suite, de 26 p., 2e tirage, grand in-8. 2 exemplaires.

109 — Fables, d'ap. *Bergeret*. Suite complète de 12 p. in-8, une pour chaque livre. 2 exemplaires.

M. D. C.

Bordes   Deschamp 2.   Lenning. 8.
non

Bordes
1 suite

Bordes   Houzard 12. 50
1 ex.

Bordes   Michel 8.   Lenning. 8.
1 ex.   1 ex.   1 ex!

Barbier 41   Bordes

Barbier 21
ou
Barbier 11

Bordes
1er

M. D. C

M. D. C

Bordes

110 — Fables. Édition Bouillon, par *Bertin* et *Savart.* 233 p. in-8. 2 exemplaires.

111 — Fables, par *Coiny*, d'ap. *Vivier.* Collection complète de 276 p. Très-belles ép. grand in-8, papier vélin, avec encadrement.

112 — Même suite, 250 p. avant les numéros, sur papier vergé in-8. Superbes. Défets.

113 — De la même suite, 52 p. in-8 avec les cadres. Défets. — 71 p. avant les numéros. En tout 123 p. Défets.

114 — Même suite, 139 p. in-18, avant les numéros. Défets.

115 — Fables. Suite complète de 60 p., par *Couché*, *Ransonnette*, avant la lettre, grand papier. 9 exemplaires.

116 — Même suite, 60 p. in-12. 20 exemplaires.

117 — Fables. Suite de 8 p., d'ap. *Desenne*, in-12 et in-18. 53 exemplaires. En tout 424 p.

118 — Fables, d'ap. *Chasselat* et autres. 54 p. Défets.

119 — Fables, d'ap. *J. David.* 42 p. sur bois. Défets.

120 — Fables, d'ap. *Grandville.* 90 p. sur bois. Défets.

121 — Fables, d'ap. *Monnet*, par *Fessard.* 1er tirage, in-8. 148 p.

122 — De la même suite. 43 p. Défets.

123 — Fables, petites Vignettes, d'ap. *Monnet*, par *Fessard.* 159 p.

124 — Fables à 2 sujets à la feuille. 157 p.

125 — Fables, la plupart pouvant servir à La Fontaine. 560 p. Sera divisé.

126 — Fables, édition Nepveu. Collection complète de 60 p. in-8, avant la lettre.

4   127 **La Fontaine**. La même suite, 60 p. sur chine, in-8, avec la lettre.

4   128 — La même suite, 60 p. avant la lettre, in-8. Vol. dos toile.

14   129 — Fables, édition Nepveu. Suite complète de 60 p. Il y a 4 exemplaires, et en tout 1051 ép. avant, avec la lettre, eau-forte et coloriées.

4   130 — Même suite, 112 ép. avec cadre, la plupart avant la lettre, in-8. Défets.

2.50   131 — Même suite. 220 p., eaux-fortes, in-12. Défets.

4   132 — Même suite. 204 p. avant la lettre, in-12. Défets.

4   133 — Même suite. 312 p. avec la lettre, in-12. Défets.

9.50   134 — Fables, d'après *Oudry*, par *Punt* et *Vinkeles*. 162 p. in-8.

5   135 — De la même suite, 93 et 56 p. Défets. En tout 149 p.

12   136 — Fables, d'ap. *Oudry*. 110 p. in-4, en bistre. Album dos toile.

11   137 — Le même ouvrage, petit in-4. Album de 110 p. dos toile.

     138 — Fables, d'ap. *Oudry*, in-4 en travers, collées dans un vol. petit in-fol. 103 p.

32   139 — Fables, d'ap. *Oudry*, en travers. 52 p. grand in-8, 25 exemplaires. En tout 1300 p.

4   140 — Même suite, 250 p. Défets des doubles.

1.50   141 — Fables, édition Coste. 236 p.

4   142 — Fables. Vignettes en tout genre, environ 200.

Barbier 5

M. D. C

Hedou 11   Barbier 6

ou

mm. 11

M. D. C

Barbier 31.

Barbier 11   Villeneuve

Barbier 7

Michel. 16. Bordu
1 ex.   1 ex

32

143 — Fables. Fleurons découpés, gravés par le comte de *Paroy*, 220. — Sur bois aux recto et verso. 216 sur 108 f^{lles}. — Et 53 petites Vignettes sur bois. En tout 380 p.

144 — Fables. Fleurons sur bois anciens et modernes. 145 p.

145 — Fables. Fleurons et en-têtes, par *Fessard*. Environ 450 p.

146 — Fables en travers. Suite complète de 54 p. 6 exemplaires.

147 — Fables. Feuilles contenant 4 pag. de 6 sujets ou 24 sujets par feuille. 156 épreuves.

148 — Fables. Vignettes et Fleurons de tout genre. 266 p.

149 — Fables, Psyché, Théâtre, d'ap. *Desenne*, avant la lettre, 12 p. 6 exemplaires in-12. En tout 72 p.

150 — Fables et Contes. Diverses collections. 111 p.

151 — Contes. Texte des 16 contes attribués, papier vélin, 8 exemplaires brochés, complément à toutes les éditions de La Fontaine.

152 — Contes, d'ap. *Chasselat, Dugoure, Desenne*, etc. 180 p. tirage grand in-4. Défets.

153 — Contes. Fleurons, d'ap. *Choffard*, papier de Chine volant. 65 p. placement indiqué. Vol. in-8, dos toile. 5 exemplaires.

154 — Le même sur papier vergé. Vol. in-8, dos toile.

155 — Le même, en feuilles, papier vergé. 4 exemplaires.

156 — Contes, d'ap. *Desenne, Monnet* et autres. 75 p. avant la lettre, in-18. 6 exemplaires cartonnés.

157 La Fontaine. Contes, d'ap. *Desenne*, in-18. 12 suites de 84 à 75 p. Il s'en trouve 1er état, avant et avec la lettre, anciennes épreuves. En tout 947 vignettes.

158 — Contes, d'ap. *Desenne*, édition Nepveu. 109 p. Eaux-fortes. Défets, in-18.

159 — Même suite. 300 p. avant et avec la lettre, in-18. Défets.

160 — Contes, édition Nepveu. 183 p. in-8, la plupart avec cadres. Défets.

161 — Même suite in-8. Environ 160 p., la plupart avant la lettre. Défets.

162 — Même suite. Environ 350 p., la plupart avant la lettre. Défets.

163 — Contes, *Duplessis-Bertaux*. Suite de 95 p. grand in-8, avant la lettre sur chine. On a joint le texte des 16 contes attribués. Vol. carton., non rogné. 6 exemplaires.

164 — Contes, *Duplessis-Bertaux*. Suite complète de 95 p. Édition Cazin, grand in-8, avant la lettre chine en feuille, le classement indiqué. 6 exemp.

165 — Contes, par *Duplessis-Bertaux*. 95 p. in-8 avant la lettre papier vergé. 10 exemplaires, classement indiqué.

166 — Contes, de *Duplessis-Bertaux*. Suite de 95 p. in-18 avant la lettre, cartonné. 3 exemplaires.

167 — La même suite en feuille, in-18 avant la lettre en feuille. 3 exemplaires.

168 — Contes. Suite de 40 p. avant la lettre, par *Duplessis-Bertaux*, d'ap. *Monnet* et autres. 8 p. sont en 1er état. 25 exemplaires cartonnés.

Hongard 12.

Michel 15
1 ex.

Bord.   Barbier 21
1 ex   1 ex

Vier. 12
1 ex. Beaulieu

169 — Même suite de 40 p. avant la lettre. 8 p. sont *130*
en 1er état. 25 exemplaires in-12 en feuilles.

170 — Contes, par *Duplessis-Bertaux* et autres, édi- *3*
tion Nepveu, avec cadres, in-8 avant la lettre,
175 p. Défets.

171 — Contes et Nouvelles, de *Duplessis-Bertaux*, *2*
d'ap. *Monnet* et autres. Suite de 20 p. in-12, avec
cadres. 5 exemplaires.

172 — Contes, par Duplessis-Bertaux, édition Cazin. *6*
300 p. la plupart sur chine, grand papier. Défets.

173 — Contes. Lithographies d'ap. *Hersent*, in-4, *7 . 50*
7 sujets différents. En tout 271 p.

174 — Contes, d'ap. *Fragonard*, Janet Lange, etc. *5 . 50 V.*
Sur bois, suite complète de 35 p. grand in-8.

175 — Même suite, 72 p. Défets. Chine et blanc. *5 . 50 V.*

176 — Contes, d'ap. *Marillier*. 10 p. Défets. *3*

177 — Pièces diverses remargées, Grand in-8. Il y *7*
a des *Romain de Hooge*. 64 p.

178 — Fleurons par différents artistes. 102 p. *26*

179 — Contes, d'après *Moreau*. Suite de 9 p. in-8, *6 . 50*
2e tirage. 2 exemplaires.

180 — Contes. Le Fleuve Scamandre, d'après *Colin*.
21 ép. — Le Diable de Papefiguière, d'ap. *Devéria*.
6 ép. avant la lettre. En tout 27 p. *27*

181 — Joconde, d'ap. *Colin*. 42 ép. avant la lettre et *12*
16 avec la lettre. En tout 58 p.

182 — Le petit Chien qui secoue, d'ap. *Colin*. 78 ép.
avant la lettre et 7 avec la lettre. En tout 85 p.

183 — d'ap. *Desenne*. Psyché. Avant, avec et eaux- *3*
fortes. 170 p. Défets.

3   184 **La Fontaine**, d'ap. *Gérard*. Psyché. 5 p. au
         trait in-8. 8 exemplaires.

Vig 6   185 — d'ap. *Moreau*. Psyché. 9 p. in-18 gravées
         par *Delvaux*. Superbes ép.

7   186 — Psyché, 5 p. Théâtre, 7. En tout 12 p. in-12
         et in-18, d'ap. *Desenne*, avant la lettre. 22 exem-
         plaires.

6.50   187 — Psyché, d'ap. *Desenne*, 5 vignettes. 4 exem-
         plaires sur chine et 6 sur blanc avant la lettre
         et un exemplaire d'eau-forte. En tout 11 exem-
         plaires ou 55 vignettes.

3   188 — d'ap. *Desenne*. Théâtre. 205 p. Défets.

27   189 — Vignettes diverses de *Cochin* et autres, pour
         les contes, Psyché, etc., etc. 252 p. de divers
         formats.

21   190 — Réunion curieuse et intéressante de Pièces
         diverses pouvant illustrer La Fontaine. 70 p.,
         la plupart grand in-8.

1   191 **Lesage**. OEuvres, d'ap. *Choquet*, *Devéria*, etc.
         95 p. in-8. Défets.

V. 3.50 192 — d'ap. *Devéria*, etc. 119 p. in-12 format in-8.
         Défets.

V. 1   193 — Gil Blas. Suite de 24 p. publiées en Espagne.
         7 exemplaires.

5   194 — Gil Blas, édition Bertin, 7 vignettes. Suite
         complète in-12. 45 exemplaires.

1   195 — Gil Blas. Vignettes anciennes. 127 p. Défets.

6   196 — d'ap. divers artistes. 107 p. Défets, *Marillier*
         et autres.

Dorchany 1. Artgan 6

Michel 11 Hongrad 20

M. D. C

M. d. C

Deschum 2 5r

Deschum 2
Duquem 20
1. ex.

Deschum 3 5r

einig 5   Deschum 2   Heiden 3

197 — d'ap. *Bornet* et *Charpentier*. 370 p. dont envi- 4
ron 300 avant la lettre. In-12, la plupart format in-8, papier ancien. Défets des doubles.

198 — OEuvres, Gil Blas, le Diable boiteux. — *Sterne*, 7
Voyage sentimental, Tristan Chandy. — *Gold-smith*, Vicaire de Wakefield, etc. En tout 460 p. in-8, d'ap. *Nap. Thomas*. Il y a des doubles.

199 **Longus.** Amours de Daphnis et Chloé. 94 p. 5
par *Audran*, *Vidal* et autres. Défets des doubles.

200 **Marguerite de Navarre.** Heptaméron. 6 . 50
Texte, Vignettes et Fleurons. Tome II' (1780). Grand in-12, v. fauve, filets, tranche dorée.

201 — D'ap. *Freudeberg*, par *Jourdan* et autres. 38 p. 3 . 50

202 **Molière.** Suite complète de 12 Vignettes, d'ap. 3
Chasselat; in-8. 40 exemplaires. 2 50
13

203 **Ovide.** Métamorphoses, traduites en rondeaux 3 . 50
par Benserade. 152 p. Défets.

204 **Perrault.** Contes. 23 p. à l'eau-forte par 5 50
Beaucé, *Jacques* et *Compagnon*. Des doubles.

205 **Phèdre.** Fables. 104 p. — 68 Vignettes sur 2 50
bois. En tout 172 p. Un grand nombre peuvent servir pour La Fontaine.

206 **Pichot.** Voyage en Angleterre, Portraits et 3 . 50
Vignettes. 10 p. et fac simile. 2 exemplaires.

207 **Rousseau** (J.-J.). Vignettes in-8. d'ap. *Cochin*. 4 50
Superbes. 170 p. Défets des doubles.

208 — OEuvres d'après *Marillier*; in-18 avant et 7
avec la lettre. 105 p. Défets des doubles.

209 — OEuvres d'ap. *Moreau*; in-18, la plupart 9 . 50
avant la lettre. 87 p. Défets des doubles.

210 **Rousseau**. OEuvres d'ap. *Moreau*; édition Dupreel; in-8. 66 p. avant la lettre, grand papier. Défets des doubles.

211 — Eaux-fortes in-8. 37 p. Défets des doubles.

212 — Titres de *Marillier* et Vignettes de *Cochin, Moreau*. 36 p. Défets.

213 — Héloïse, d'ap. *Prud'hon*. 11 p. Défets des doubles.

214 — Nouvelle Héloïse, d'ap. *Devéria*, suite complète de 12 eaux-fortes in-12, format in-8. 3 exemplaires.

215 — Émile, d'ap. *Devéria*, suite complète de 12 p. — Eaux-fortes de la même suite, 28 p. Défets. En tout 40 p. in-12, format in-8.

216 — Vignettes in-8, d'ap. *Desenne, Johannot*, etc., par *H. Dupont* et autres. 32 p. Défets.

217 — OEuvres d'ap. *Moreau*; édition Dupreel; in-8. Environ 200 p. Défets des doubles.

218 — OEuvres, Vignettes, d'ap. *Devéria, Johannot, Moreau* et autres; édition Furne. 230 p. Défets des doubles.

219 — Émile, suite complète de 12 p., d'ap. *Devéria*, avant la lettre. Grand in-8.

220 — Sujets de différentes suites et différents formats à l'eau-forte, et terminés. 34 p.

221 — Botanique, suite complète de 38 pl. coloriées, avec texte. 2 exemplaires.

222 — Musique, Planches; édition de l'époque de l'auteur. Un fort lot.

Villeneuve   Hedou 2,
trop longs

Villeneuve
  1 ex.

Coityem 7   Espegel 1·50   Villeneuve

Michel 11.   Deschom 3   Rabin   6

Michel 15.   Deschum 4   Espegel 6   Rabin   10
1 ex.   1 ex.   1 ex   1 ex.

223 **Saint Lambert**. Suite complète de 4 p., d'ap.   7.50
Chaudet, pour les Saisons; in-4 avant la lettre,
toute marge.

224 **Shakespeare**. Vignettes sur bois pouvant   11.50
illustrer toutes les éditions. Publication anglaise.   3.50
Paris, Baudry, 1839; vol. in-8 broché.

225 — Suite de 60 Vignettes grand in-8 pour les   15.50
œuvres complètes, d'ap. les peintres célèbres
du xviiie siècle; peut entrer dans toutes les
éditions. 4 exemplaires.

226 **Sterne**. OEuvres, édition 1787 : Portraits et   3
Vignettes; 4 d'ap. *Marillier*. En tout 23 p. Des
doubles.

227 **Tasse**. L'Aminte. 24 épreuves d'ap. *Desenne*,   1
gravé par *Roger*, avant la lettre.

228 **Vadé**. OEuvres choisies; texte et 8 vignettes au   0
trait. *Paris*, 1834; vol. dem.-rel.

229 **Voltaire**. Vignettes pour les œuvres, Portraits   4.50
en pieds, d'ap. *Chasselat, Devéria*. 126 p. avant
la lettre. Défets.

230 — De la même suite. 174 p. avec la lettre.   2
Défets.

231 — Vignettes d'après *Chasselat, Devéria*, pour les   4
œuvres. 273 p. avec la lettre; in-8. Défets.

232 — d'ap. *Desenne*, in-8 pour la Henriade,   4
Jeanne d'Arc, les Contes, le Théâtre. 96 p.
Défets, la plupart chine.

233 — d'ap. *Desenne*; in-12. Suite complète de 4 p.   2
28 exemplaires. 112 p.

234 — De la même suite. 15 exemplaires d'eaux-   1
fortes.

235 **Voltaire**, d'ap. *Desenne*; in-8 pour la Henriade, Jeanne d'Arc, Romans, Théâtre. 91 p. Défets chine et blanc.

236 — De la même suite. 78 p. Défets à l'eau-forte. Il y a des doubles.

237 — d'ap. *Devéria*; in-8 à l'eau-forte. 23 p. Défets.

238 — d'ap. *Desenne*. Vignettes pour la Pucelle, in-8 sur chine et sur blanc. 40 p. Incomplet.

239 — par *Duplessis-Bertaux*, la plupart avant la lettre. 80 p. Défets pour la Pucelle, 1er tirage, et 21 p. d'ap. *Eisen*. En tout 101 p.

240 — Le Poëme de Jeanne d'Arc, par *Duplessis-Bertaux*, suite de 21 p. in-18 sur papier de fil encollé. 17 exemplaires.

241 — Contes, suite complète de 11, par *Duplessis-Bertaux*. — Suite complète de 15 eaux-fortes, d'ap. *Devéria*, pour le Théâtre. 4 exemplaires, dont un avant la lettre. Grand papier.

242 — Théâtre et Henriade, in-12 et in-18, d'ap. *Eisen* et *Gravelot*, complètes et incomplètes. 178 p.

243 — Théâtre, d'ap. *Eisen* et *Gravelot*, plusieurs suites complètes et incomplètes, in-12 et in-18. 227 p.

244 — Poëme de Jeanne d'Arc, d'ap. *Gravelot* et autres. 173 p. Défets.

245 — Poëme de Jeanne d'Arc, suite de 20 p. d'ap. *Gravelot*. 9 exemplaires in-8. 180 p.

M. D. C

M. D. C .

Dereham 1. 50
    1 ex

Dereham 1. 50   M. D. C.
    1 ex

M. D. C.

M. D. C

Sauzy 25
    1 ex g.º marge

Hong 25   Dereham 3

Dereham 2

M. D. C

M. D. C

M. D. C

Henry 400   Dereham 10

246 — Poëme de Jeanne d'Arc, suite complète de 21 p., d'ap. *Marillier*, *Moreau* et *Monnet*. Superbes ép. avec les cadres. 1er tirage. Petit in-fol.   *26*

247 — La même suite, avec les cadres; grand in-4. 21 p. Les vignettes des chants 10 et 11 sont avec les cadres effacés. Grand in-8.   *6*

248 — d'ap. *Marillier*, *Monnet*. 45 p. pour Jeanne d'Arc, avec et sans la bordure. Défets.   *6*

249 — d'ap. *Moreau*. La Henriade, suite complète de 10 p. et 2 portraits in-4.   *4 5*

250 — d'ap. *Moreau*, suite complète de 44 p. pour le Théâtre; in-8, anciennes ép. 2 exemplaires.   *4.50 V.*

251 — d'ap. *Moreau* : Théâtre. 180 p. in-8. Défets. Très-belles ép.   *11*

252 — d'ap. *Moreau* : Romans et Contes. 165 p. in-8. Défets. Très-belles ép.   *20 V.*

253 — d'ap. *Moreau*; 24 pour la Pucelle, 31 Henriade, 26 Historiques. En tout 81 p. Défets.   *6.50 V.*

254 **Voltaire**. Édition de Kehl, suite complète de 108 p., d'ap. *Moreau*. 1re suite pour les OEuvres, édition 1784. Épreuves avant la lettre, plusieurs toute marge, plusieurs remargées, à châssis. Il y a le titre avec fleuron, la dédicace, les 2 ép. d'Agathocle et l'Avis au relieur. En tout 114 p. montées sur onglets; vol. dem.-rel., dos vélin blanc. Environ 20 pièces ne sont pas du même tirage.   *270 Viy*

255 — De la même suite, 19 p. Défets avant la lettre, dont 7 ne sont pas du même tirage.   *6*

256 — Portraits pour la même suite. 68 p. Défets.   *31*

5   257 **Voltaire**, d'ap. *Moreau*, édition Beaumarchais. Vignettes pour la Pucelle. 92 p. Grand in-8. Défets.

11   258 — Même éditon. Contes et Romans. 140 p. grand in-8. Défets.

9   259 — Même édition. Théâtre. Environ 260 p. grand in-8. Défets.

4.50   260 — Même édition Henriade, 35 p. — Portraits, 45. En tout 80 p. grand in-8. Défets.

3   261 — Édition de Kehl. La Henriade, suite de 10 p., d'ap. *Moreau*; in-8. 7 exemplaires.

12   262 — Édition de Kehl, suite complète de 44 p. pour le Théâtre et 10 p. pour la Henriade, d'après *Moreau*, ancien tirage grand in-8. En tout 54 p., 7 exemplaires.

9   263 **Walter Scott**. Édition Pourrat, d'ap. *Raffet*. Titres, Fleurons, Vignettes, Portraits, Vues, etc. 223 p. in-8. Défets des doubles.

6.50   264 — Titres, Vignettes, d'ap. *Johannot*. 213 p. Il y a des doubles. Édition Defauconpret.

9.50   265 — Vignettes diverses, anglaises et françaises, de *Cruikshank* et autres. 45 p. Défets.

7   266 — Eaux-fortes, d'ap. *Johannot*, divers formats. 80 p.

8   267 — OEuvres, d'ap. *Johannot*, avant et avec la lettre, différents formats. 200 p. des doubles.

5   268 — d'ap. *Johannot*. Édition Furne et autres. 168 p., des doubles.

6.50   269 — d'ap. *Johannot* et autres. Vues d'Écosse. 102 p., divers formats, des doubles.

2.50   270 — Édition Gosselin, 33 p. in-8. — Cartes, 98 p.

Cutham 30
1 ex,

Robin 3.
Cruikshank

M. J. C.

Heden 10

271 — Même édition, d'ap. *Desenne, Johannot, Eug. Lami* et autres. 266 p. avant et avec la lettre. Grand et petit format. Défets. *1 4*

272 **Yriarte**. Essai sur la Musique, suite complète de 6 p. grand in-8. 19 exemplaires. *7 . 50*

273 **Album**. Costumes, Modes. 31 p.; vol. in-4. *1*

274 — Sujets divers, lithog., Vignettes, etc. 37 p. in-4. *1 . 50*

275 — Costumes et Sujets divers. 33 p. in-4. *1*

276 — Fables de La Fontaine, etc. 23 p. in-4. *2 . 50   V.*

277 — Sujets divers noir et couleur. 30 p. in-4. *3*

278 — des Machines et Outils. *Havre,* 1867. 40 pl. et texte; petit in-fol. *1*

279 — Vues de Francfort, Brême, Lubeck, 57. Vues in-4, dem.-rel., chagrin vert. *2*

280 — contenant 23 p., d'ap. *Cochin,* pour l'Histoire de France du président Hénaut, et Vignettes et Sujets divers. En tout 112 p.; vol. petit in-fol. *6 . 50   Vig*

281 — contenant des Portraits anciens de rois et empereurs, Sujets de la Bible, Histoire profane, etc. 386 p.; vol. petit in-fol. *7*

282 — de Portraits en pied de littérateurs et autres Vignettes in-8. Épreuves d'eau-forte pure. 55 p.; vol. couvert en toile. *5*

283 — Portraits anciens, divers, 165. — Tome III° des Travaux de Mars. En tout 2 vol. *8*

284 **Assignats**. Un fort lot. *2*

285 **Atlas** de la France, d'ap. les cartes de Cassini. *Paris, Desnos*; vol. petit in-fol. *1*

286 — pour le Voyage du jeune Anacharsis. 40 p. et tables.

287 **Atlas** de la Bible. — Flore française, par Mutel. — Costumes des premiers temps de la monarchie française. — La Germanie.

288 Les traits de l'Histoire universelle, dédié au duc de Bourgogne. 214 p. gravées par *Gaucher, Lemaire*, etc.

289 **Blanc** (Charles). Histoire des Peintres, diverses Écoles. 36 livraisons.

290 — Texte de Rembrandt pour l'œuvre photographiée; 2 vol. in-fol., dem.-rel., chag. vert.

291 **Borel** (D'ap.). Vignettes pour l'Orpheline anglaise, Lidia, Cécile, etc. 33 p. in-8 avant et avec la lettre. Défets.

292 **Callot** (D'ap.). Suite complète de 12 vignettes pour la Passion. In-18, toute marge. 4 exemplaires. — Suite différente in-8 de 13 p.

293 **Caricatures** anciennes et modernes sur bois, etc. 35 p.

294 **Catel** (D'ap.). Suite complète de 4 pièces pour l'Homme des champs. Avant et avec la lettre. In-8. Plusieurs exemplaires. En tout 52 p.

295 **Chasselat** (D'après). Les Fastes de la Gloire. 50 p. avec 8 pages de texte explicatif. In-4.

296 — De la même suite. 48 p. avant la lettre. In-4.

297 **Delvaux**. Saint Jean. — La Sibylle, d'après le Dominiquin. 24 p. in-18.

298 — D'après les tableaux des grands maîtres. 41 p. in-18.

299 **Delvaux**. Femmes célèbres tirées des Almanachs des Muses, etc. 426 p. in-18, beaucoup de doubles. Environ 30 différents portraits.

Derschau 2.

Derschau 1. 58

Dersham 2.50

Dersham 2.50

300 — Vignettes tirées de divers ouvrages. Environ *20*
140 p.

301 **Desenne** (D'ap.). Lettres à Sophie sur la phy- *2.50*
sique et la chimie. 32 exemplaires de 4 vignettes
in-18.

302 — Vignettes pour les Saisons, Chasseur et la *2*
Laitière. 52 ép. — L'Amour et deux Amants.
120 ép. En tout, environ 170 p. in-18.

303 **Draner.** Souvenir du siége de Paris. 32 p. *2.50*
lithog. coloriées dans son portefeuille.

304 **École française XVIIIe siècle.** L'Amour *0*
à l'épreuve et Pendant. 26 ép.

305 **Galerie de Versailles.** Furne. 26 planches *2.50 Vig*
avant la lettre, chine (faits historiques de 1789
à 1836). In-4.

306 **Gatine.** Costumes turcs (hommes et femmes) *1.50*
d'ap. nature (1809). 25 p. in-4.

307 **Hellert.** Nouvel Atlas de l'Empire ottoman, etc. *1*
40 cartes et plans de combats.

308 Histoire des Ducs de Bourgogne. Vignettes, *4*
Sujets, Portraits sur bois, ép. sur chine, Cartes.
360 p. grand in-8. Défets, des doubles.

309 **Johannot** (D'après). Titres, Vignettes pour *3*
Walter Scott. 122 p. Il y a des doubles.

310 Journaux de la révolution de 1848, environ *6*
250 numéros. Réunion curieuse et rare.

311 **Lambert**, *inv. et sculp.* La Mélancolie et *2.50*
l'Amour. Joli fleuron pour titre in-8. Avant la
lettre, chine et blanc. 169 p.

2 . 50   **312 Lambert.** Fleurons. Chasseur soutenant une femme évanouie. 77 épreuves in-12 avant la lettre. — L'Amour tenant un papillon. 23 ép. En tout 105 p.

2 . 50   **313** — Fleurons. Jeune Fille et l'Amour. 64 ép. — Jeune Fille et son oiseau. 65 ép. En tout 129 p. in-12 avant la lettre.

2   **314** — Fleurons. Jeune Fille poussée par le vent. 68 ép. — Jeune Fille lisant jouant avec son chien. 59 ép. En tout 127 p. in-12 avant la lettre.

5   **315 Le Petit** (Alfred). Fleurs, Fruits et Légumes du jour. 32 p. lithog. coloriées dans son portefeuille.

9 0   **316 Marillier** (D'ap.). Vignettes pour les Voyages imaginaires et autres, plusieurs eaux-fortes, rares, et quelques épreuves coloriées. 86 p.

8 . 50   **317** — Vignettes pour divers ouvrages. 51 p. Il y a des doubles.

5 6   **318 Musée Filhol.** Plus de 200 p. — 2 lots.

10 . 50   **319 Ornements.** Titres blancs, Cartouches ornés de fleurs; vol. carton. 35 p.

3 50   **320** Ornements tirés des livres d'Heures, styles greco-byzantin, carlovingien, saxon, romano-allemand, français. 28 p. impr. or et couleur.

7   **321 Panthéon** (Le). Les Figures de la Fable. 24 vignettes et texte; in-8, vol. veau.

6 . 50   **322** — Le même ouvrage, broché.

3 . 50   **323 Portraits.** F.-M. d'Orléans, duchesse de Savoie. 71 p. in-18.

3 0   **324** — Personnages divers anciens et modernes. Plus de 400. Seront divisés.

Descham 3.50

Descham 2.50   Lemercy 15

Rapilly 50 ctc

Michel 1 épreuve

Descham 12

Nicole 8.50

~~Acapellae~~ Deschan 3

Lemery 10

Deschum 4

Deschun 3   Vier 12.   L. Differentis Rubin 25

Lemerqu 25   Deschan 3.50   Médou 5

Deschan 3

Deschun 3

325 **Revue comique.** Tome Ier complet. 368 pages,   7
texte et planches sur bois par *Bertall*, *Nadar*, etc.
1848-1849; vol. dem.-rel.

326 **Staal.** Portraits de Brunet, Nodier, Peignot.   4
3 p. à l'eau-forte.

327 **Statues** du Musée. 144 p. grand in-8.   3.50

328 **Sujets religieux**, d'ap. les grands maîtres.   11
100 p. grand in-8, avant la lettre.

329 **Vœni** (Othon). Emblèmes d'amour, texte et   6
123 pl. in-4 oblong. *Anvers*, 1608. Couvert en vél.

330 **Vignettes anglaises.** Sujets divers. 100 p.   5

331 **Vignettes** diverses, d'ap. *Cochin*, 17. — *Eisen*,   20
27.—*Moreau*, 20. En tout 64 p., quelques doubles.

332 — tirées de divers ouvrages du xviiie siècle. 100p.   14.50

333 — françaises. Choix avant la lettre, chine. 70 p.   7

334 — à 2 sujets à la feuille. Roger sur le sable,   2
Troubadour. — Poëte, Femme dansant. 60 de
chaque. Environ 120 p. en tout, avant et avec
la lettre.

335 — L'Amour peintre, Troubadour près d'un
tombeau. Environ 100 ép. avant et avec.

336 — Scènes d'amants, Mère et enfant, Troubadour, Voyageur au clair de lune, Tombeau;
6 sujets différents. Environ 120 p. à 2 sujets,
avant la lettre.

337 — à 2 sujets. Madeleine (La Vallière), Muses,
40 ép. — Femme charitable, l'Hôtellerie. 37 ép.
— Paysages, 47 ép. En tout 124 p. in-18.

338 — pour le roman d'Élisabeth. 68 p. —   8
4 vignettes et titres pour Sterne. — Les Mois
de Roucher. 48 ép. En tout 120 p. in-18.

339 **Vignettes** pour l'Ile inconnue, suite complète de 8 p. 4 exemplaires.

340 Vignettes pour les cinq Fabulistes. 86 p., publiées fin du xviiie siècle. 2 exemplaires cart., dos toile.

341 Vignettes au trait pour Faust, de Goëthe; Guil. Tell et autres de Schiller; Hamlet, Macbeth, Otello et autres, de Shakespeare; petits cahiers publiés par Audot. 10 cahiers.

342 — et Fleurons sur bois, tirés de Balzac et de Versailles. Environ 300 p.

343 **Vues** anglaises, Orient et autres paysages. 112 p. in-4.

344 **Vues** de Paris et de France par Adam, Civeton, Fortier et autres. 370 p. in-4 et in-8, la plupart avant la lettre.

345 **Album** de papier blanc; in-4, tranche dorée, mar. bleu, reliure pleine par Bozérian, dorure sur les plats, doublé de tabis.

346 — de papier blanc ancien, in-4 et autres; très-grand in-8 papier ancien. 2 vol. cart.

347 — de papier blanc, in-4. 5 vol. demi-rel.

348 **Vignettes** diverses : Historiques, Costumes orientaux, chinois, japonais, perses, en couleur; Vues de Paris, France et autres, Portraits, Caricatures, Costumes de théâtre, etc., etc; nombre de forts Lots seront vendus à la fin de chaque vacation.

V[es] Renou, Maulde et Cock, impr[s] de la Cie des Commissaires-Priseurs, rue de Rivoli 144.   47463

348.	250	12	
	200	9	
	100	13	50
Vig. ot 100		14	50
	100	6	
Vig ot 100		9	50
	100	3	
Vig ot 100		10	50
	100	5	
	100	28	
	100	11	
Vig ot 200		6	50
	200	8	
	200	6	50
	200	3	50
	100	4	
Vig.	100	3	50
	100	5	50
	133	2	50
	132	4	50
	100	2	
	150	3	
	134	2	50
	100	4	50
	100	5	
	100	2	
	100	3	
	100	3	
	100	6	
	100	9	
	100	3	
	100	17	
	100	5	
	100	5	50
	100	6	50
	100	4	
Vig ot.	100	10	
	100	6	
	100	4	
	4699	267	50
	1949	43	50
	6648	311	..

Second block:

200	2	50
200	2	
200	3	50
200	3	50
200	3	
200	4	
200	3	
200	4	
100	5	50
120	6	
120	6	50
1949	43	50

Marginal notes:

Descham 2.

inspect 3.   Descham 3. 50

Descham 3.

Ollivier. 50/
... pour

68 Étrangers et Amérique   5 50   3847 50
360 France à 5.   18
201 Paris poste   10 05
152 Lasguien   7
                                   40 55
Honoraires 10%   384 75

                                           425 30

Dépenses Delbergue
affiches et afficheurs   40 45
Insertions au Moniteur des Ventes   15 10
Déclaration de Vente   2 20
Timbre du Procès Verbal   7 20
Enregistrement y compris la décharge   100 25
Versement en bourse commune   121 20
Honoraires Delbergue   121 20
Clerc et Crieur   24
Location de Salle et entrée   60 55
800 Catalogues   204
Transport à l'hôtel   10 10
2 Jours de Commissionaire   10
pour Supplement de travail   20
                                          1161 55

Déduire les 5% des acquereurs   192 40   969 15
                                             2878 35

[illegible] Mérope tragédie [illegible]

[illegible]

Mont sur vaud 22 Xbre 1874

Mon cher monsieur vignier
Je fais réponse à votre du 5
courant ou vous me donnez le chiffre
dumon vente entre 1er et 18 novembre
dernier 2878*.35 c'est un bien
petit résultat pourtant de travaux
qui ont suffi à la rentrée en
bonne condition

Je voudrais bien que vous aurez
l'obligeance d'en remettre le montant
chez mon gendre boivin fils de
relais 3 palais royal il est chargé
de petites commissions pour moi il
servira je voudrais bien voir que
le commissaire priseur un duplicata
de la vente comme il en donne toujours
Je voudrais bien aussi un catalogue
avec les prix du catalogue ordinaire

[...] vous est
[...] petit [...] celui d'un vieux marchand
[...] il faut [...] que [...]
[...] prochain qui doit
terminer mes petites affaires [...]
[...] je [...] donne toute
liberté [...] d'hésiter il se
[...] fait bonne et [...]
[...] et autographe et [...]
vous [...].

Je continue à [...] mes petites
aussi bien que possible mon âge et
[...] femme également et mes enfants
qui sont bien contents d'avoir une
obligation [...] la ville de 1469 que
je leur ai partagée en lots de 4000 mille
qui pourra leur servir à leur [...] d'âge
[...] sont [...] sujets et bons travailleurs

[...] je profite
de la fin d'année pour vous souhaiter
la nouvelle [bonne] et heureuse [...]
même [...] à vos
enfants que je voudrais voir
[...] célèbre [...] espéram[m]ent
confirmé dans l'avenir [...]
Adieu mon cher [...]
Je vous salue [...] M. [...]

Dufour [...]

Je viens de voir [...] [...]
qui vous fait [...] [...] vos [...]
[...] très bien pour [...] que [...]
si monsieur [...] vient chez vous
pour [...] une petite facture qu'il me
doit mais je crois qu'il ne faut pas
[...] [...] au [...]

Paris 24 Déc. 1874

Monsieur Durand

Mr Boivin vient de me réclamer
le montant de votre vente...

Mr Delberque-Cormont avait
pensé régler cette vente avec la
prochaine du mois de Janvier dont
vous avez le catalogue.

S'il vous faut absolument le
montant de votre dernière vente,
j'irai le demander à Mr Delberque;
mais je ne pense pas qu'il puisse
me le donner en 2 jours comme
vient de me le demander Monsieur

Monsieur

Durand-Jeune

Mont Survant

par Saint-Malo
de la-
Lande

(Manche)

Boivin.

Répondez moi donc de suite si je dois payer à Mr Boivin le montant de votre dernière vente.

Vous auriez dû me prévenir de cela plus tôt, et directement;

Agréez mes sincères salutations et mes souhaits de bonne santé et longue vie.

Vignères